LE

CONCILE ŒCUMÉNIQUE DE ROME

EN 1869

Poésie Provençale, traduction Française en regard, mot à mot

PAR

UN LIBRE PENSEUR

MARSEILLE

IMPRIMERIE COMMERCIALE J. DOUCET ET Cie

7, rue Moustiers, 7

—

1870

LE

CONCILE ŒCUMÉNIQUE DE ROME

EN 1869

Poésie Provençale, traduction Française en regard, mot à mot

PAR

UN LIBRE PENSEUR

MARSEILLE

IMPRIMERIE COMMERCIALE J. DOUCET ET Cᵉ

7, rue Moustiers, 7

—

1870

LE CONCILE ŒCUMÉNIQUE DE ROME

LOU COUNCILO ŒCUMENIQUO DE ROUMO

EN 1869

Pouésio Prouvençalo dévirado en Français

PER

UN LIBRÉ PENSAIRÉ

La scèno si passo à Roumo, din d'uno grando chambro doou Vatican.

PERSOUNAGIS

LOU PAPO, ANTONELLI, BOUANOCAOUSO, DUPANLOUP,
UN ANGI, L'ASSEMBLADO.

LOU PAPO s'adreissant à Dupanloup.

Venes digné soutient dé la Chrestienta,
Réçubré moun hooumagi (l'embrasso). Ah ! la pous-
(terita
Counservara toujou, din sa divino archivo,
Vouastré zèlo brûlant, vouastro paraoulo vivo,
A défendré la fé,

L'ANGI.

Qué la menaçoun pas.

LOU PAPO.

Qu v'oourié dit, pourtant, de trouva de Judas
Capablé dé trahi soun Diou.

L'ANGI.

Viergi Mario.

LE CONCILE ŒCUMÉNIQUE DE ROME

EN 1869

Poésie Provençale, traduction Française en regard, mot à mot

PAR

UN LIBRE PENSEUR

La scène se passe à Rome, dans une vaste salle du Vatican.

PERSONNAGES

LE PAPE, ANTONELLI, BONNECHOSE, DUPANLOUP,
UN ANGE, L'ASSEMBLÉE.

LE PAPE *s'adressant à* Dupanloup.

Venez digne soutient de la Chrétieneté,
Recevoir mon hommage (il l'embrasse). Ah ! la pos-
(térité.
Conservera toujours dans sa divine archive
Votre zèle brûlant, votre parole vive
A défendre la foi

L'ANGE.

Qu'on ne menace pas.

LE PAPE.

Aurait-on pu prévoir de trouver des Judas
Capables de trahir leur Dieu.

L'ANGE.

Vierge Marie.

Lou Papo qué s'esgaro, et, din sa jérémio,
Ooou lué dé moustra là résignacien
Et prendré l'intérest dé la réligien,
Souarté dé l'Evangilo et pren la faousso routo.

ANTONELLI.

Mi semblo qu'uno vouas, din d'aquesto voûto
A retenti.

DUPANLOUP.

Vrament, lou vertigi vous pren ?

ANTONELLI.

Ah ! disi qué vèni d'entendré coouquaren.

DUPANLOUP.

N'enterroumpes pas maï la paraoula sacrado.
San Pèro, poursuives.

LOU PAPO.

Santo fe menaçado,
Din nouastreis attributs, coumo vous aï parla,
Lou Ciel permettra pas qué fléchissen,

DUPANLOUP.

ho ! là !

LOU PAPO.

Diguas, qué dévendrien touti leis paoureis amos.

Le pape qui s'égare et dans sa jérémie ,
Au lieu de montrer la résignation
Semblable à Jésus-Christ souffrir la passion,
Il sort de l'évangile et prend la fausse route.

ANTONELLI.

Qu'entends-je, juste ciel, résonner sous la voûte.

DUPANLOUP.

Il vous prend le vertige.

ANTONELLI,

Ah ! bien sûr que j'entends ;
Une voix, une voix !

DUPANLOUP.

Silence, car céant,
Le pape seul a droit d'haranguer l'assemblée ;
Saint Père, poursuivez !

LE PAPE.

Sainte foi menacée,
Dans tous nos attributs , le ciel permettra-t-il
Que nous soyons vaincus, non ! non !

DUPANLOUP.

Ainsi-soit-il.

LE PAPE.

O Dieu ! que deviendraient toutes les pauvres âmes

Cé gouvernavian plus, anariens din leis flammos
Per l'éternita ; non, non, va souffrirens pas,
Perdrens plus léou la vido et,

DUPANVOUP (juegnient leis mans) .

Deo gratias,
Avent coumo sabes la missien dé franço,
De la chrestienta n'es l'ancro d'esperanço,
A tout dedin seis mans, richesso, talent,

LOU PAPO.

Bon,
Et me de taous appuis oouren jamaï l'affroun
Destré battus,

L'ANGI.

Qu soou ?

ANTONELLI.

Dedin d'aquesto voûto
Toujou la mémo vouas ;

LOU PAPO.

Faudra mettré à l'escouto,
Nouastré premier bédo arma coum'un bandit ;

L'ANGI.

Calmas vouastro furour, réprésentant doou Christ,

Qui ne gouvernant plus, tomberaient dans les
(flammes
Pour l'éternité ? Non ! nous ne le pouvons pas
Souffrir, plutôt la mort, et...

DUPANLOUP, joignant les mains.

Deo gratias.
Nous avons, vous savez, la mission de France,
De la chrétieneté, c'est l'ancre d'espérance.
Elle a tout dans sa main, richesse,

LE PAPE.

Et nous n'aurons,
Avec un tel appui, jamais, jamais l'affront
D'être battus.

L'ANGE.

Qui sait ?

ANTONELLI.

Ah ! ah ! sous cette voûte.
Toujours la même voix.

LE PAPE.

De peur que l'on écoute.
Armons notre premier bédeau comme un bandit.

L'ANGE.

Calmez votre fureur, représentant du Christ ?

LOU PAPO.

Cé vènes per saché leis secrets dé l'Égliso,
Redouto sa coulèro, et malhur

L'ANGI.

Et soutiso.

ANTONELLI.

Foou qué siégué un expien dé Napoléon très,
Si n'en foou marfisa, l'emperour deis Francès
Nous juguo coouqué tour, car sian pas din sa
.(mancho.

LOU PAPO.

Vèsi qué moun affaïré, anen, troou maou s'en
(gancho.

DUPANLOUP.

L'excoumunicatien es pas qui per un coou ?

LOU PAPO, d'uno vouas tristo.

L'emperour deis Francès n'a pas gaïré dé poou ;
Cependant oou dangié foudra ben faïré faço.
Diguas mi vouastre avis, qué farias à ma plaço ?
Car va viàs, crégnouns plus l'excoumunicatien.

En d'aquéou mot, la poou neicé su touti leis brigos ; un
silenço dé mouart régno din la chambro doou councilo,
quand tout d'un coou, lou Cardinaou Antonelli boundo coumo
un aï descoousana, et prounounço d'uno vouas de tounerro,
l'imprécatient suivanto :

LE PAPE.

Si tu viens pour savoir les secrets de l'église,
Redoute sa colère, et malheur

L'ANGE.

Et sottise.

ANTONELLI.

Si c'est un espion de Napoléon trois,
Il faut nous méfier. Déjà plus d'une fois
Nous avons pressenti sa haine redoutable ;
Il pourrait nous jouer un de ses tours pendables.

DUPANLOUP.

L'excommunication pourrait servir.

LE PAPE, d'une voix triste.

Hélas !
L'Empereur des Français ne la redoute pas.
Cependant au danger nous devons faire face.
Dites-moi votre avis, que faut-il que je fasse ?
Vous voyez, l'on ne craint l'excommunication.

A ces mots la consternation est peinte sur tous les visages;
le silence le plus profond règne dans la salle du concile, quand
tout-à-coup le cardinal Antonelli se lève radieux et prononce,
d'une voix solennelle, l'imprécation suivante :

Faoudra ressuscita la santo inquisitien.

Eici la joua es a soun coumblé, leis cardinaous et leis éves-
ques si baillouns leis mourrés, plourouns coumo des pichots
enfants oou souveni d'aquello obro santo, et tant eimado deis
poplès et qué fasié soun bonhur.
Et approuvooun touti d'un coumun accord l'idéio doou
cardinaou Antonelli, per très espouvantablés

Bravo ! bravo ! bravo !

LOU PAPO, d'un air countent.

Qu sera lou grand mestré
D'aquello obro piouso.

ANTONNELLI.

Amen d'un escooufestré,
Senso fouasso cerqua si trouvara coouqun
Que refusera pas (n'en sabi maï que d'un),
D'alluma lou brasié contro leis hérétiqués
Ennemis de l'egliso.

L'ANGI.

Capellans fanatiqués,
Représentant d'aquéou qué pardouno oou bourréou
Qué fa rintra l'armo dé l'apôtré oou fourréou ;
Que vourié lou vengea, car ero légitimé,
Et justici tanben poudié pas estré un crimé,
Car éroun attaqua, maï vaoutri va sias pas,

Il faut ressusciter la sainte inquisition.

Ici la joie est à son comble, les cardinaux et les évêques s'embrassent entreux, ils versent des larmes d'attendrissement, au souvenir de cette œuvre pieuse et tant aimée des peuples, dont elle faisait le bonheur.

Et ils approuvent l'idée lumineuse du cardinal Antonelli, par trois immenses :

Bravo ! bravo ! bravo !

LE PAPE, avec bonhomie et sonriant.

     Qui sera le grand maître
De cette œuvre pieuse ?

ANTONELLI.

     Il faudra bien admettre
Que tout chrétien zélé pour la religion,
Ne refusera pas la sainte mission,
D'allumer les bûchers contre les hérétiques,
Ennemis de l'église.

L'ANGE.

     Ah ! prêtres fanatiques,
Vicaires de celui qui pardonne au bourreau,
Et fit rentrer l'arme de l'apôtre au fourreau ;
Qui prenait sa défense alors très légitime.
C'était justice enfin, ce n'était point un crime ;
Ils étaient attaqués, mais vous ne l'êtes pas.

Sias toujours leis brouillouns , vives din leis
(coumbats.
Attaquas, tron d'un goï, la scienço et la naturo,
Contro vous aoutré avés, lou bouan sens, la
, (droituro ;
Et mé la vérita fés divorço toujour.
Ah ! cessas de canta leis cantiquos d'amour.
Perqué din vouastreis couars li lougeas qué dé
(hainos,
Et semblablé eïs tyrans nous fabriquas dé cheinos
Oou cris dé libertas pâlissès dé frayour,
Es cependant lou cris qu'a poussa lou Sauvour.
Es ben per aqueou cris qué su loou mount Calvèro
Trépasso dé la mouar d'un assassin vulgairo.
Per vouestreïs brouillaries et désordré tanben ?
Fes qué lou tout-puissant vous conservé uno dent
Et sias plus din soun couar, car frooudas sa mo-
(ralo,
Rintras din lou néant jusqu'à l'houro fatalo,
Doou jugeament darnier, es eou qué va prédis,
Capellans ! capellans ! serès toutis mooudis.

BONNOCAOUSO.

Cé Diou nous abandouno, ounté anarent fa testo.

ANTONELLI.

Din la calamita, juguens dé nouastré resto.

Vous êtes agresseurs, vous aimez les combats ;
Vous attaquez de front et science et nature ;
Vous avez contre vous le bon sens, la droiture,
Avec la vérité, vous divorcez toujours.
Ah ! cessez de chanter vos cantiques d'amour ;
Tandis que dans vos cœurs vous n'avez que des
(haines.

Et pareils aux tyrans, vous fabriquez des chaînes,
Au cri de liberté, vous frissonnez d'horreur,
C'est cependant ce cri que poussa le Sauveur,
C'est pour ce cri sacré que sur le haut Calvaire,
Il mourut de la mort d'un assassin vulgaire.
Par vos iniquités, vos désordres sans frein (1),
Vous avez courroucé le maître Souverain.
Dieu ne vous connaît plus, vous fraudez sa mo-
(rale.

Rentrez dans le néant, jusqu'à l'heure fatale,
Du jugement dernier ; car je vous le prédis,
Prêtres perturbateurs, vous serez tous maudis.

BONNECHOSE.

Si Dieu nous abandonne, aurons-nous un refuge ?

ANTONELLI.

Dans la calamité fléchissons notre juge.

(1) Témoin Alexandre VI.

LOU PAPO.

San Pierré descendez d'oou ciel per m'esclara.

DUPANLOUP.

Unissen-nous dé couar per lou ben implora.

ANTONELLI.

Din nouastreis mandaments, ordounens dé (prieros;
Qué dé proucessiens dédin leis carriéros
Si pronmenouns la nuech ooutanben qué lou jour.
Per si rendré proupici, enfin lou Créatour,
Marchent toutis d'escaou.

L'ANGI.

Din d'uno vouaturo.

LOU PAPO.

Ah! Diou, n'en pouadi plus.

ANTONELLI.

O ! qué vérita duro.

DUPANLOUP.

Foou qué siégué un chrestian ques devengu judiou

L'ANGI.

Lèvo lenguo, bavard, ennemi dé toun Diou.

LE PAPE.

Saint Pierre, descendez du ciel pour m'éclairer.

DUPANLOUP.

Unissons-nous du cœur pour le bien implorer.

ANTONELLI.

Et dans nos mandements ordonnons des prières,
Saintes processions, déployez vos bannières.
Promenez-vous partout, oui, partout et chantant
Des cantiques sacrés, nous d'un cœur repentant
Nous marcherons pieds nus,

L'ANGE.

Et dans une voiture,

LE PAPE.

O ! Dieu je n'en puis plus.

ANTONELLI.

Quelle vérité dure.

DUPANLOUP.

Vrai, c'est un apostat qui n'a ni feu ni lieu.

L'ANGE.

Tais-toi ! tais-toi bavard, ennemi de ton Dieu.

LOU PAPO.

O ! proufanatien.

ANTONELLI.

O ! sacrilègi impio.

L'ASSEMBLADO.

Grand Diou per résista douna nous l'énergio,

LOU PAPO.

Nani, siéguen plus calmé en nouestro afflictien,
Et fen coumo lou Christ que souffré la passien.

L'assemblado en grand si mettent à
ginoux et si bassellant lou piès.

Résigna, résigna souffrissent lou martyre,

L'ANGI.

De ventendré parla mi fès créba dé rire.
Sias pas maou dispousa per souffri la passien,
Es en résussitan la santo inquisitien,
Puis counfisqua lou ben doou paouré misérablé,
Que per l'amour doou Christ farias rousti lou ra-
(blé.
Que vous résignarias, oh ! ministres dé Diou.
Es en fasen brûla vouéstreïs enfanis tout viou.
En cantan dé cansouns à l'entour dé la flammo,
Tan l'amour doou prouchain coumo dias vous en-
(flammo.

LE PAPE.

O ! profanation.

ANTONELLI.

O ! sacrilége impi.

LASSEMBLÉE.

Grand Dieu pour résister donnez-nous l'énergie.

LE PAPE

Non ! non, soyons plus calme en notre affliction,
Il faut comme le Christ souffrir la passion.

L'assemblée se mettant à genoux et
se frappant la poitrine.

Résigné, résigné souffrons tous le martyre,

L'ANGE.

De vous entendre ainsi, j'ai grand besoin de rire.
Vous êtes disposés à souffrir la passion,
C'est en ressuscitant la sainte inquisition,
Puis confisquer les biens du pauvre misérable,
Qui pour l'amour du Christ vous enverrez au diable
Vous vous résigneriez, oh ! ministrès naïfs !
C'est en faisant brûler vos chers enfants tout vifs
En chantant des chansons tout autour de la flam-
(me,
Tant l'amour, tant l'amour du prochain vous en-
(flamme.

Que souffririas, diguas !

LOU PAPO.

Ma bénédiction
Es que la comptes pas ?

L'ANGI.

Diou dé coumpassioun.
Entendé cé qué dis toun ministré su terro,

BOUANOCAOUSO.

Oh ! dis queïs huganaous foou que faguent la
(guerro
Car la quaqueou mouyent per sorti d'embarras.

L'ANGI.

Capellan, vouestré rôlé es ren qué de preigas.

BOUANOCAOUSO.

Ooujourd'hui la prièro a perdu touis seis char-
(mos.

L'ANGI.

Cependan leïs apôtros avien pas d'aoutreïs armos
Ni canoouns, ni fusioous que noumons chassepot.

ANTONNELI.

A naoutri nous leïs foou,

Est-ce bien là souffrir.

LE PAPE.

                Ma bénédiction,
Tu ne la comptes pas.

L'ANGE.

               Dieu de compassion,
Entends-tu blasphémer ton ministre sur terre.

BONNECHOSE.

Il dit qu'à l'hérétique il faut faire la guerre,
Et par ce seul moyen nous devons triompher.

L'ANGE.

Vous ministre de Dieu ne devez que prier.

BONNECHOSE.

Aujourd'hui, la prière est une action vide.

L'ANGE.

Les apôtres n'avaient pour eux nulle autre égide,
Ni canons, ni fusils qu'on nomme Chassepot.

ANTONELLI.

Il nous les faut, à nous.

L'ANGI.

De l'infer, ô suppot.
Vaï, rendras compte un jour dé cé qué fas sur terro
Et seras ben punis foudro et brandoun dé guerro,
Encaro un Mentana la religion, mortus.

ANTONNELI (émé coulèro).

Si ti teniou marrias,

L'ANGI.

Fabricant d'oremus,
La santo vérita ti pussuguo l'ooureillo.

DUPANLOUP.

Es un libré pensour, siou ségu dé Marsilho.

ANTONNELI (fasen lou signe de la croux).

Ce ven l'enquisitien es lou promier rousti.

L'ANGI.

Ah ! mi délivrara dé teïs mans,

ANTONELLI.

Qu ?

L'ANGI.

Lou Christ.

L'ANGE.

De l'enfer, ô suppot
Tu rendras compte un jour de ton rôle sur terre,
Et tu seras puni, foudre ou brandon de guerre.
Encore un Mentana, la religion, *mortus*.

ANTONELLI (avec colère).

Si je te tiens, prends garde.

L'ANGE.

Ah ! faiseur d'*oremus*,
La sainte vérité te chatouille l'oreille,

DUPANLOUP.

C'est un libre penseur, à coup sûr, de Marseille.

ANTONELLI (faisant le signe de la croix).

Sainte inquisition, comme il sera rôti.

L'ANGE.

Il me délivrera de tes mains,

ANTONELLI.

Qui ?

L'ANGE.

Le Christ.

LOU PAPO.

Qu sies doun?

L'ANGI.

Directour de la troupo fidello,
Que cantoun dou bouan Diou la louangeo immor-
(tello ;
Angi exterminatour, décendraï trioumphant,
Et doou templé de Diou coucharaï lou marchant.
Jésus-Christ lou couché, maï l'a resta la grano
Quand proupagea, maï vueï veisi la tremountano.
Arriero usurpatour, vraï suppôt de Satan,
Vous voou faïre rintra vité din lou néan.
Que de vouastreï parié dispareïssé la raço
Arriéro usurpatours, abandounas la plaço.

BOUANOCAOUSO

Maï mouté vouas qu'anen, angi exterminatour

L'ANGI.

Din l'infer, din l'infer, lou ténébrous séjour.

DUPANLOUP.

Laïsso-nous imploura la Santo-Viergi mèro,
Beléou que doou bouan Diou calmara la coulèro.

LE PAPE.

Ton nom et

L'ANGE (d'une voix formidable).

Directeur de la troupe fidèle,
Qui chante du Très-Haut la louange immortelle,
Ange exterminateur, je viendrai triomphant
Et du temple sacré chasserai le marchand.
Jésus-Christ le chassa quand il vint; dans sa course
Malgré son zèle ardent, n'a pu tarir la source.
De sorte, qu'aujourd'hui, toujours en progressant,
Sous l'habit du prélat vous cachez le marchand
Qui trafique du ciel l'indulgence plénière,
Aujourd'hui votre audace allume sa colère,
Exploiteurs des esprits, vrais suppôts de Satan,
Vous allez tous rentrer bientôt dans le néant.
Pour que de vos pareils disparaisse la race,
Arrière, arrière, arrière, abandonnez la place.

BONNECHOSE.

Où faut-il donc aller, ange exterminateur!

L'ANGE.

En enfer, en enfer, séjour rempli d'horreur.

DUPANLOUP.

Laisse-nous implorer la Sainte-Vierge mère,
Bien sûr que du Très-Haut calmera la colère.

L'ANGI.

La Viergi mèro plouro en vésent tant d'hourours
Et li renouvellas din lou ciel seis doulours.

Canto.

La Viergi, doulourouso mèro
Qu'a vis soun enfant oou Calvèro,
Assassina per leis vauriens,
Leis prètros, leis pharisiens ;
Aquéleis bouans amis de l'ordré
Tout en coumbattent lou désordré.
Raço mooudito, din sa furour
Assassinerount lou Soouvour.

Eici l'angi si fa veïré et dispareïssé en lançant un regard de
coulèro eis membres doou Cooncilo qué trembloun de poou,
lou Papo que soou plus mounté passa, talament a la tafo, crei
toujours veïré l'angi lou ménaçant de l'espaso, et prounonço
d'une vouas tremblanto leis paraoulos qué suivcount.

Ajudo! A you! piéta! l'angi exterminatour
Es aquito! et lou viou din touto sa furour
Mi ménaçant toujours de l'armo foudroyanto
Ah ! ren que soun aspect mi glaço d'espouvanto.

Et mé la plus grando poou

L'ANGE.

La Vierge mère pleure en voyant vos erreurs,
Et lui renouvelez dans le ciel ses douleurs.

Il chante.

La Vierge douloureuse mère,
En voyant le Christ au Calvaire
Assassiné par les vauriens,
Les prêtres, les pharisiens ;
Car tous ces bons amis de l'ordre,
Tout en combattant le désordre,
Races maudites, en sa fureur,
Assassinèrent le Sauveur.

Ici l'ange se montre et disparaît en lançant un rega·d menaçant aux membres du Concile terrifiés. Au milieu du tumulte, le Pape épouvanté, croit toujours voir l'ange exterminateur le menaçant de l'épée flamboyante, et prononce d'une voix entrecoupée par la frayeur, les paroles suivantes :

A l'aide ! à moi ! pitié ! l'ange exterminateur !
Il est là, je le vois dans toute sa fureur
Me menaçant toujours de l'arme foudroyante.
Ah ! rien que son aspect me glace d'épouvante.

Avec la plus grande terreur.

Es aquito, es aquito, ah! ven a moun sécour,
Antonelli, ah! veïci, veïci moun darnier jour.

Et toumbo mouar din leis bras de soun ministre. Leis membres doou Councilo partoun, qu d'eïci qu deïlà, senço ave ren décida. Vourié ben la péno de faïré un Councilo.

Il est là ! je le vois, viens vite à mon secours,
Antonelli, ah ! voici, voici mon dernier jour.

Il tombe inanimé entre les bras de son ministre et tous les
membres du Concile se séparent dans le plus grand désordre,
sans avoir rien conclu. C'était bien la peine d'assembler un
concile.

Marseille. — Imp. Com. J. Doucet et C*, rue Moustiers, 7.

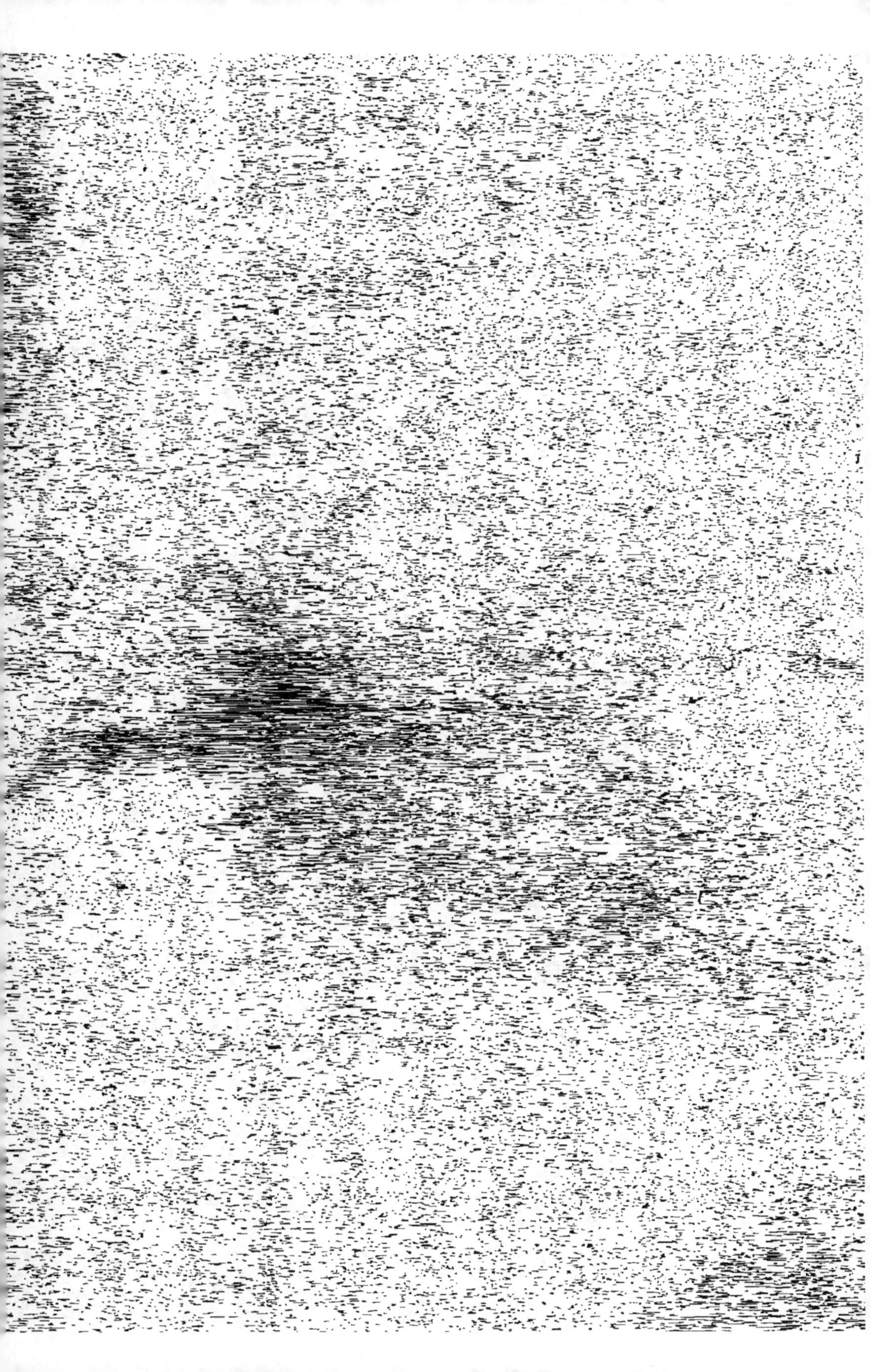